UN PREGÓN de FRUTAS

Margarita Engle

Ilustrado por
Sara Palacios

Traducción de
Alexis Romay

ATHENEUM BOOKS FOR YOUNG READERS
Nueva York   Londres   Toronto   Sídney   Nueva Delhi

AGRADECIMIENTOS

Agradezco a Dios por los puentes de palabras. Gracias a mi familia, mis amigos,
Michelle Humphrey, Reka Simonsen, Sara Palacios y todo el equipo editorial.
—M. E.

ATHENEUM BOOKS FOR YOUNG READERS
Un sello editorial de la División Infantil de Simon & Schuster
1230 Avenida de las Américas, Nueva York, NY 10020
© del texto: 2021, Margarita Engle
© de la ilustración: 2021, Sara Palacios
© de la traducción: 2021, Simon & Schuster, Inc.
Diseño del libro: Karyn Lee © 2021 de Simon & Schuster, Inc.
Traducción de Alexis Romay
Todos los derechos reservados, incluído el derecho de reproducción total o parcial en cualquier formato.
ATHENEUM BOOKS FOR YOUNG READERS es una marca registrada de Simon & Schuster, Inc.
El logo de Atheneum es una marca registrada de Simon & Schuster, Inc.
Para información sobre descuentos especiales para compras al por mayor, por favor póngase en contacto con
Simon & Schuster. Ventas especiales: 1-866-506-1949 o business@simonandschuster.com.
El Simon & Schuster Speakers Bureau puede llevar a autores a su evento en vivo. Para obtener más información o para
reservar a un autor, póngase en contacto con Simon & Schuster Speakers Bureau: 1-866-248-3049
o visite nuestra página web: www.simonspeakers.com.
También disponible en una edición de tapa dura de Atheneum Books for Young Readers
El texto de este libro usa las fuentes Century Expanded.
Las ilustraciones de este libro fueron hechas digitalmente.
Manufacturado en China
0522 SCP
Primera edición en rústica de Atheneum Books for Young Readers, agosto 2021
2 4 6 8 10 9 7 5 3
Los datos de este libro están a la disposición en la Biblioteca del Congreso
de los Estados Unidos.
ISBN 978-1-5344-6218-2 (edición de tapa dura)
ISBN 978-1-5344-9476-3 (edición en rústica)
ISBN 978-1-5344-6219-9 (edición digital)

A mis nietos
—M. E.

A mi mamá y mi papá y a Ed
—S. P.

Cuando visitamos a abuelo, lo ayudo a vender frutas,
pregonando los nombres de cada una
mientras caminamos: nuestros pasos repican como tambores,
nuestras manos, cual maracas,
agitan las brillantes siluetas de las frutas
mientras cantamos . . .
con ritmo

onja

naranja

plátano

piña

mango
limón
coco
melón   naranja
toronja
plátano
piña.

mango

coco

limón

melón

to

naranja

plátano

Nuestras voces son puentes que se extienden a las ventanas
e invitan a los desconocidos a salir y mirar y hacerse amigos.

La gente sonríe en los balcones
mientras escucha nuestra música alegre.

Algunos nos bajan las canastas
amarradas a sogas
para comprar frutas
con el dinero que ponen dentro
y luego esperan a que abuelo envíe
la canasta de vuelta hacia arriba
llena de

mangos

limones

limas

cocos

melones

naranjas

toronjas

plátanos

piñas.

A veces, la gente camina a nuestro lado
por la calle y regatea los precios.

Otros cantan sus propias canciones
ya que intentan vender en lugar de comprar.

Siempre que hay muchos pregoneros vivaces que cantan
a la vez, abuelo el frutero tiene que cantar aun más alto,
su canción tan potente como la gloriosa voz de una estrella de la ópera.

Es el único modo de ser escuchado
por encima de las melodías y ritmos
del tamalero que vende tamales
envueltos en las resbalosas hojas de plátano
y la yerbera con sus hierbas fragantes,

el viandero con sus boniatos y sus ñames
y el manisero, el vendedor que baila
y ofrece cucuruchos,
esos puntiagudos conos de papel
llenos de maní,
maní tostado
que huele
como
el
salado
mar
azul.

La mejor de todos es la dulcera,
una mujer con la voz
de un ángel, que canta con tal dulzura
sus elogios a los caramelos: chocolates
y otras deliciosas golosinas.
¡Sabroso!
¡Qué rico!

Mis visitas favoritas a abuelo
son en la víspera de año nuevo,
cuando todos quieren comprar
doce uvas por persona:
      la uva,
          la fruta
             de la suerte
                de cada nuevo año.

mango

limón

coco

melón

toronja

plát

A la medianoche, me engullo
doce uvas, mientras pido
    un deseo por mes para todo
    el año entrante.

Mi último deseo siempre es
la amistad entre los países,
para que podamos visitar a mi abuelo
más a menudo y quizás de algún modo
algún día
él también pueda
volar por lo alto y ancho
a través del brillante
mar profundo
para
visitarnos.

Cada canción que escucho
en la víspera de año nuevo
me recuerda
que pronto volveré
a mi propio hogar.

Cada vez que voy a la oficina postal a enviar
una carta, siento como si hubiese cruzado un puente
entre el país de mi abuelo
y el mío.

Me entristecería tanto
vivir lejos de mi abuelo
si no supiera que él puede cantar rimas
al derecho y al revés, versos en papel,
todos nuestros poemas de esperanza que vuelan como aves cantoras
que planean y se elevan a través del cielo silvestre,
cada sílaba un abrazo

hecho
de
palabras.

NOTA DE LA AUTORA

RESTRICCIONES DE VIAJES

Millones de niños cubanoamericanos en Estados Unidos no tienen la oportunidad de conocer a sus parientes más allá de los mares, debido a leyes impuestas por las autoridades de ambos países a las que les importa más la política que la gente. Por más de medio siglo, incontables familias cubanoamericanas han visitado la isla, con o sin permiso, a menudo en desafío a las restricciones de viajes y ya fuera como peregrinaje de amor por los parientes o como acto de resistencia ante reglas injustas. Luego de una ausencia de 31 años, comencé a visitar a mis parientes en la isla en 1991 y he continuado mis visitas cada vez que he podido.

LOS PREGONEROS

Los pregoneros eran vendedores cantantes que caminaban por las calles de Cuba describiendo las cosas que vendían en maneras poéticas para atraer a los clientes. El historiador Fernando Ortiz describió el pregón (la canción del pregonero) como "el alma del cubano". Uno de mis tío-abuelos era un lechero que vendía la leche puerta a puerta en un Jeep durante la década de 1950, pero, unos años antes, los lecheros vendían la leche al llevar a sus vacas de ventana en ventana, en donde eran recibidos por mujeres que tenían botellas vacías que pronto eran llenadas de leche fresca.

Celia Cruz cantó sobre los pregoneros y los dulceros, pero la canción más conocida de pregones es "El manisero", compuesta por Moisés Simón. "El manisero" ganó fama mundial luego de que fuese grabada en Nueva York en 1930, lanzando así la popularidad internacional de la música y el baile cubanos en la mitad del siglo XX. La canción sube el volumen progresivamente y luego lo baja hasta desaparecer para ayudar al oyente a imaginar la llegada del vendedor y luego su partida, cuando sigue su camino todavía cantando sobre los cucuruchos de maní.

Los pregoneros y todos los demás negocios privados fueron prohibidos en Cuba después de la revolución. Entretanto, los vendedores continuaron su labor silenciosa y secretamente, en la bolsa negra, susurrando en lugar de cantar.

LA VÍSPERA DE AÑO NUEVO

Las uvas son difíciles de encontrar en Cuba en estos días, pero a través de América Latina y en los hogares latinos de Estados Unidos, muchos de nosotros todavía seguimos la tradición de engullir doce uvas a la medianoche mientras pedimos un deseo por mes para el año entrante.